Lee Aucoin, *Directora creativa*
Jamey Acosta, *Editora principal*
Heidi Fiedler, *Editora*
Producido y diseñado por
Denise Ryan & Associates
Ilustraciones © Tracie Grimwood
Traducido por Santiago Ochoa
Rachelle Cracchiolo, *Editora comercial*

Teacher Created Materials

5301 Oceanus Drive
Huntington Beach, CA 92649-1030
http://www.tcmpub.com
ISBN: 978-1-4807-2993-3
© 2014 Teacher Created Materials
Printed in China
Nordica.082019.CA21901019

La princesa y el guisante

Una versión del cuento de Hans Christian Andersen

Escrito por Nicholas Wu
Ilustrado por Tracie Grimwood

Había una vez un príncipe que quería casarse con una princesa.

Conoció a muchas princesas. Pero nunca
estuvo seguro de que fueran princesas
de verdad.

El príncipe estaba muy triste. Quería
conocer a una princesa de verdad.

Una noche, durante una fuerte tormenta, tocaron la puerta del palacio.

El rey encontró a una chica bajo la lluvia.
Tenía la ropa mojada. El agua caía de su
cabello. Necesitaba un lugar cálido para
dormir.

—¿Ayudarán a una princesa necesitada?
—preguntó—. Prometo que soy una princesa
de verdad.

—Pronto lo averiguaremos —dijo la reina.
Fue al cuarto donde dormiría la chica.

Puso un guisante en la cama. Sólo una
princesa de verdad lo sentiría.

Luego colocó veinte colchones encima.

Por la mañana, la reina le preguntó a la
chica:

—¿Dormiste bien?

—Desgraciadamente no —dijo la chica—. Sentí algo duro en la cama.

La reina sonrió. La chica había sentido el guisante debajo de veinte colchones. ¡El príncipe había encontrado a una princesa de verdad!

Con el tiempo, se casaron.

Vivieron felices.

Este puede ser o no ser un cuento

de verdad.